AF299702

LES SOUPIRS

DU CLOITRE.

LES SOUPIRS

DU CLOITRE,

PAR M. GUYMOND DE LA TOUCHE.

A LONDRES,

M. DCC. LXX.

AVIS

DES ÉDITEURS.

IL seroit à souhaiter que tous les GENS DE LETTRES s'accordassent à publier les Pieces fugitives qu'ils possedent, & qui leur ont paru mériter d'être recueillies : l'histoire de notre Littérature se trouveroit enrichie, par ce moyen, d'un grand nombre de productions en tout genre, qui ne sont pas dignes de l'oubli dans lequel elles se perdent; & le mérite particulier de ceux qui les ont composées ne pourroit manquer de gagner beaucoup à être faifi fous les différens points de vue fous lefquels il s'eft préfenté. Nous croyons pouvoir hafarder cette idée, qui tourneroit à la fois à l'avantage des Lettres & de ceux qui les cultivent, dans un temps, fur-tout, où l'empreffement que l'on montre à fe procurer tout ce qui paroît de nouveau, produit un effet tout contraire à ces vues. C'eft pour nous y conformer que nous publions aujourd'hui LES SOUPIRS DU CLOÎTRE, ouvrage pofthume de M. Guymond de la Touche. Le nom de l'Auteur, les efpérances qu'on avoit conçues de fes talents, les regrets des Gens de Lettres fur fa mort, le mérite même de cette production; tout enfin nous a fait regarder ce morceau comme précieux. On y trouvera la même facilité, le même fentiment, la même vigueur, & ce coloris flatteur qu'on a remarqués dans l'Epître à l'Amitié.

M. Guymond de la Touche, qui craignoit d'indifpofer contre lui une Société qui a joui long-temps d'un très-grand crédit, n'ofa point livrer à l'impreffion un Poème où il fe trouvoit des traits défavantageux pour elle ; mais cette Société étant détruite, & l'Auteur lui-même n'exiftant plus, on a cru que les raifons qui avoient empêché qu'on ne publiât cet ouvrage, devoient ceffer auffi.

Une remarque que nous ne pouvous nous empêcher de faire ici, c'eſt qu'en marge du vers,

Tyrans du Repos & des Loix,

qu'on lit à la page 24 de cet impri-mé, il ſe trouvoit dans le manuſcrit, un morceau tiré du Chapitre VI du Livre IV de l'Eſprit des Loix. Ce morceau contient l'Eloge du gou-vernement qu'avoient établi les Jé-ſuites au Paraguai. Il y fait un con-traſte trop ſingulier avec les idées de l'Auteur du Poëme, pour n'être pas cité en entier.

« LE Paraguai, dit M. DE MON-
» TESQUIEU, peut nous fournir un
» autre exemple *d'un Gouvernement*
» *ſage*. On a voulu en faire un crime

» à la Société, qui regarde le plaisir de
» commander comme le seul bien de
» la vie ; mais il sera toujours beau de
» gouverner les hommes en les ren-
» dant plus heureux.

» Il est glorieux pour elle d'avoir
» été la premiere qui ait montré dans
» ces contrées l'idée de la Religion,
» jointe à celle de l'Humanité. En ré-
» parant les dévastations des Espa-
» gnols, elle a commencé à guérir une
» des grandes plaies qu'ait encore re-
» çu le Genre-Humain.

» Un sentiment exquis qu'a cette
» Société pour tout ce qu'elle appelle
» honneur ; son zele pour une Religion
» qui humilie bien plus ceux qui l'é-
» coutent, que ceux qui la prêchent,

» lui ont fait entreprendre de grandes
» chofes, & elle y a réuffi. Elle a retiré
» des bois des peuples difperfés, elle
» leur a donné une fubfiftance affurée,
» elle les a vêtus ; & quand elle n'au-
» roit fait par-là qu'augmenter l'induf-
» trie parmi les hommes, elle auroit
» beaucoup fait ».

Ce morceau, écrit d'une autre main, étoit fans doute une apoftille de la perfonne à laquelle les Soupirs du Cloître étoient adreffés.

Le fuccès d'Iphigénie en Tauride avoit annoncé les talents de M. Guymond de la Touche d'une maniere affez éclatante ; une action fimple & naturelle, des fcènes liées avec art,

des morceaux pleins de chaleur &
d'éloquence, & fur-tout cette admi-
rable fcène de l'Amitié, où Pylade &
Orefte fe difputent la gloire de mourir
l'un pour l'autre, avoient fait excufer,
dans cette Tragédie, un ftyle incor-
rect, des vers durs & forcés, & un
dénouement fans effet. Ces défauts
n'avoient pas empêché les Connoif-
feurs de regarder M. Guymond de la
Touche comme un des foutiens de la
Scène Françoife. Il avoit commencé
une Tragédie de Régulus, dont il n'a
laiffé que les quatre premiers actes.
Nous fouhaiterions pouvoir indiquer
ici les différentes pieces fugitives en
vers & en profe, dont il eft auteur.
Nous avons vécu avec lui, & nous

pouvons avancer qu'elles étoient en grand nombre, & qu'il avoit composé plusieurs Discours Latins & François qui lui feroient honneur; qu'il donna à Rouen, en 1748, une Comédie pleine d'esprit & de saillies, qui l'exposa à quelques désagréments, les Jésuites, chez lesquels elle fut représentée, ayant cru reconnoître que quelques-uns d'entr'eux étoient l'objet de toutes les plaisanteries qui la firent accueillir.

LES

LES SOUPIRS

DU CLOITRE,

OU

LE TRIOMPHE DU FANATISME.

ÉPITRE.

Du fond d'un Cloître solitaire,
Toujours pour moi trop étranger,
Ma Muse, esclave involontaire,
Victime d'un goût passager,
De la monachale indolence

A

Interrompant le vil sommeil,
Vient près de toi, dans le silence,
Jouir d'un moment de réveil.

HEUREUX mortel !… tu n'as pour maître,
Pour loi, que le préfent defir ;
Libre, tu jouis de ton être
Dans le calme d'un doux loifir :
Ton cœur des foins n'eft point la proie.
Entre l'innocence & la joie,
Dans le tiffu de tes beaux jours,
Tu vois mêler l'or & la foie,
Que la main des heureux Amours,
Pour la trame des Dieux, emploie ;
Tandis que fur moi fe déploie
Des maux l'interminable cours.

DES traits d'un riant badinage,
Ma main, fous l'œil de l'agrément,
Vouloit t'en nuancer l'image ;

Des doux rayons de l'enjouement
En éclaircir l'épais nuage,
Et t'en faire un amufement.
Mais dans ces lieux, féjour des glaces,
Loin de ces bords toujours fleuris
Où folâtre l'effain des Graces
Avec leurs plus chers favoris,
Les Anacréons, les Horaces;
Loin de leurs atteliers chéris,
Où tu deffines fur leurs traces,
Entre Bacchus & ton Iris;
Au fein des pleurs, dans les difgraces,
Trouve-t-on les pinceaux des Ris?
Voit-on l'aimable Philomele,
Même au retour des doux Zéphyrs,
Quand tout reprend l'être pour elle,
Les fleurs, les beaux jours, les plaifirs,
Chanter, dans fa douleur fidelle,
Sur d'autres tons que les foupirs?
Le Rival trop charmant d'Augufte

A ij

Put-il, dans son exil injuste,
Se faire un jeu de ses malheurs,
Et, plein d'une folâtre ivresse,
Aux chers objets de sa tendresse
Offrir, environné de fleurs,
Sous la coupe de l'allégresse,
Le calice de ses douleurs ?
Mais si dans des couleurs brillantes
Je ne puis tremper mon pinceau,
Ni par des images riantes
T'adoucir le deuil du tableau ;
Si je ne puis d'aimables roses,
Par le souffle des Ris écloses,
Entrelacer mes noirs cyprès,
Du moins je t'offrirai les traits
D'une raison mâle, intrépide,
Qui, s'élançant d'un vol rapide,
Loin de tout sentier fréquenté
Du peuple & du cagot stupide,
Cherche & saisit la vérité,

Du sein des profondes ténebres,
Qu'autour de mon front les douleurs
Forment de leurs voiles funebres,
Empreints des plus noires couleurs,
Tels qu'à travers l'obscur nuage,
Qui dans ses flancs porte l'orage,
Tu verras sortir des éclairs,
Des traits de force & de lumiere,
A tes yeux au jour entr'ouverts,
Dissipant la vapeur grossiere
Des mensonges de l'univers.

Mais n'attends pas qu'armé de doute,
J'aille, rival ambitieux,
Marcher dans l'orgueilleuse route
De ce mortel audacieux,
Qui, de la fange de la terre,
Ébranla le trône des Dieux,
Leur ôta des mains le tonnerre,
Et les fit descendre des cieux;

Et qui foulant aux pieds la Parque,
Dans son ardeur brisa la barque
De l'inexorable Caron,
Et noya l'infernal Monarque
Dans les noirs flots de l'Achéron.

DANS mon essor, sagement libre,
Je saurai garder l'équilibre ;
Ami du vrai, suivant ses pas,
Voler, sans lui donner atteinte,
Et me renfermer dans l'enceinte,
Qu'aux sages prescrit son compas.

O trop heureux qui, dès l'enfance,
Croissant sous l'œil de la raison,
Prend son essor en assurance
Au-delà du sombre horison
De la populaire ignorance,
Sans être atteint de son poison !
Semblable à la tige naissante

Qui, fous un cedre fortuné,
Echappe à la rage impuiffante
De la tempête mugiffante,
Et de l'Aquilon déchaîné.

SORTANT des mains de la Nature,
L'Erreur me reçut dans fes bras;
Son poifon fut ma nourriture,
Et je formai mes premiers pas
A l'appui de fon impofture.
De ma Raifon l'obfcur flambeau
Ne jettoit qu'un jour pâle & fombre,
Et nageoit encore dans l'ombre
Et de l'enfance & du berceau,
Lorfque je vins groffir le nombre
De fon miférable troupeau.
Suivant fes dangereux veftiges,
Et m'exilant de l'univers,
Ebloui par fes vains preftiges,
Je cours lui demander des fers.

J'entre dans son temple homicide,
J'embraffe l'autel parricide,
Du meurtre des Rois ruiffelant,
Où du barbare Fanatifme
Repofoit le couteau fanglant,
Sous la garde du Bigotifme :
Je le faifis, pâle & tremblant;
Et, fans fonger au facrifice
Que m'arrachoit fon artifice,
Penfant plaire au Ciel irrité,
Aux pieds de l'infernale idole,
Dévot & furieux, j'immole
La Nature & l'Humanité.

C H E R S & puiffants moteurs du monde,
Plaifirs, doux aliments des cœurs;
O Volupté, fource féconde
De vie & de charmes vainqueurs;
Amour, qu'on chérit à tout âge;
Beaux arts, ame de nos loifirs;

Tendre

Tendre Amitié, tréfor du Sage,
Qui fuffirois à mes defirs !
Fölâtres Jeux, aimable Joie,
Propós légers, rians Feftins,
Qui répandez l'or & la foie
Sur la trame de nos deftins !
Vous, qu'on nous peint enfants du crime,
Par un crime plus odieux,
Vous fûtes, fages dons des Dieux,
Les fleurs dont j'ornai la victime.

HÉLAS ! dans ce cruel moment
Je vous facrifiai fans peine :
Sourd à votre voix fouveraine,
J'en ignorois l'enchantement.
Dans les ombres flottoit encore
De mon printemps la foible aurore ;
Et dans mon cœur, pour mon tourment,
Ses pleurs n'avoient point fait éclore
L'heureux germe du fentiment.

B

Telle, dans son bouton captive,
La rose ignore les soupirs
De l'onde à regret fugitive,
Les doux baisers, l'ardeur plaintive
Des papillons & des zéphyrs.

CEPENDANT l'âge, mon étoile
Rompt le charme, brise le voile
Sur mes foibles esprits tendu:
Mes yeux appesantis s'entr'ouvrent
Au nouveau jour qui m'est rendu;
Et, d'un regard tremblant, découvrent
L'abîme où j'étois descendu.
Ciel! je me crus alors perdu
Dans ces bois sombres & terribles,
Peuplés de fantômes horribles,
Faisant du Jour pâlir les traits;
Lieux abhorrés de la Nature,
Par l'ignorance & les forfaits
Voués au dieu de l'Imposture;

Sous l'affreux nom de Theutatès ;
Où, sous les ombres homicides
D'un vaste & lugubre cyprès,
La Fourbe assembloit les Druïdes
De nos aïeux tyrans secrets,
Au Ciel, pour fléchir sa puissance,
Offrant, sous un couteau mortel,
Les entrailles de l'Innocence,
Fumantes sur un vil autel.

CÉDANT à l'horreur qui m'entraîne,
D'un lieu si noir je veux sortir. . . .
Soudain, par une triple chaîne,
Je sens mes pas s'appesantir. . . .
Je m'agite, je me démene. . . .
Mais mon propre effort me ramene,
Accablé d'un vain repentir.

PAR un serment illégitime,
A ma foible enfance arraché,

B ij

De ma crédulité victime,
Enfin je me vois attaché.
Au joug impérieux du crime,
Sous la Religion caché;
Par lui, dépouillé de mon être,
Du don de penser, de connoître,
Et du plaisir d'être touché;
Au sein des pleurs qui m'ont vu naître,
Dormant sur la cendre couché;
Joignant aux mœurs du fier Sarmate
Le vil néant de l'automate;
Du rang des hommes retranché;
Les sens flétris, l'ame obscurcie,
Hâtant la trame raccourcie
D'un reste de jours reproché.
Semblable, dans ma destinée,
A la feuille pâle & fanée
D'un lys sur sa tige penché,
Sous la main de Flore étonnée,
Par un noir souffle desséché.

TEL j'étois, tel je suis encore,
Ne respirant que pour souffrir,
Jouet du trépas que j'implore,
Qui fuit, & vient toujours s'offrir.
Vieilli, glacé par la tristesse,
Sans plaisir, sans goût, sans penchant,
Dans l'aurore de ma jeunesse,
Je semble atteindre mon couchant.
Mais, sur quels traits ma main s'arrête !
Pourquoi déployer sur les fleurs
Qu'entre les jeux l'Amour t'apprête
Le nuage de mes douleurs ?
Pourquoi répandre l'amertume
Du poison lent qui me consume
Sur la mousse des vins chéris
Qu'au frais, sous des myrthes fleuris
De tes amours suivant les traces,
La Volupté, par ton Iris,
Dans le deshabillé des Graces,
Te verse avec un doux souris ?

Que sert le deuil que je t'inspire ?
Ton cœur sensible en vain soupire,
Et sort de son enchantement :
Tes pleurs, tes soins, foible ressource,
Jamais ne tariront la source
De mes malheurs, de mon tourment.

Fille du Ciel, suprême oracle,
Seule tu peux, sage Raison,
Enfanter cet heureux miracle,
Porter le jour dans ma prison.
Replonge au sein de la poussiere
L'Erreur, le dieu de l'Univers ;
Confonds l'Illusion grossiere,
Par qui sont consacrés mes fers ;
Descends, pour un moment, du trône
D'où tu dictes au Nord tes loix,
Où tu regnes sous la couronne
D'un Roi qui fait aimer les Rois.
Parois, d'éclairs environnée ;

Darde les feux d'un rayon pur
Sur ma patrie infortunée :
Aux nuages d'un soir obscur,
D'une brillante matinée
Fais succéder l'or & l'azur.
Viens, détruis l'absurde chimere
D'un Préjugé contagieux,
Sur qui l'Avarice, sa mere,
Jette un voile religieux.
Que le beau jour de la Nature,
Ce jour dans nos cœurs éclipsé
Par les vapeurs de l'Imposture
Et du Mensonge intéressé,
S'épure au feu de ta lumiere,
Regne dans sa clarté premiere,
Sur son char vermeil élancé ;
Et que, par ta main dégagée,
La Liberté, source des biens,
Des ténebres forte vengée :
Qu'à ses pieds tombent ses liens ;

Que fur leurs débris érigée,
Elle ne foit plus engagée
Sous d'autres fers que fous les tiens.
Viens, mon efpoir, aimable reine,
Parois, bienfaifante Sirene ;
Parle ; que les accents vainqueurs
De ta voix pure & fouveraine
Frappent les fens, s'ouvrent les cœurs. . . .

MAIS que dis-je ? . . . Vain & crédule,
Follement fuperftitieux,
On craint, on fe fait un fcrupule
Sacrilégement ridicule
D'écouter l'organe des Dieux.
Le Sage ofe à peine être fage :
Conduit par la réflexion,
S'il fort du cercle de l'ufage ;
Si fon efprit, fans paffion,
S'éleve au-deffus du nuage
De l'aveugle prévention ;

Autour

Autour de lui gronde l'orage,
Frémit la Perfécution,
Qu'affemblent, dans leur folle rage,
L'Erreur, la Superftition.
Tel fond fur vous, charmante abeille,
De noirs frélons un vil effain,
Quand un tendre foin vous éveille;
Et vous ramene dans le fein
De la rofe jeune & vermeille,
Ravir les tréfors du matin.

Ô regrets! ô fureur extrême! . . .
Quel peuple nombreux de Héros,
Avoués fages du Ciel même,
Je vois troublés dans leur repos! . . .
Avilis, frappés d'anathême,
Accufés d'être les fuppôts
De l'impiété, du blafphême;
Pour venger la Vertu suprême
Des attentats des faux dévots! . . .

C

Serons-nous toujours automates ?
Jamais n'oferons-nous penfer ?
Fuyant la raifon des Socrates,
Toujours dans des routes ingrates,
Marcherons-nous fans nous laffer ?

Verrai-je toujours l'Ignorance
Nous offufquer de fon bandeau,
Éternifer dans nous l'enfance,
Toujours nous tenir au berceau ;
Et par la main, fans réfiftance,
Nous conduire dans le tombeau ?
D'une main fuperftitieufe,
La verrai-je fur nos autels
Placer l'Erreur ambitieufe
A côté des Dieux immortels ;
Nous les défigurer eux-mêmes,
Ces Dieux, dans leurs bontés fuprêmes,
Nous les peindre fous fes couleurs,
Tyrans, heureux de nos douleurs,

Entourés de pâles victimes ;
D'éclairs, de foudres & de feux,
Armés, moins pour punir les crimes,
Que pour faire des malheureux ;
Changeant, dans leurs sombres caprices,
Leurs biens, nos plaisirs en forfaits ;
Attachant d'éternels supplices
A l'usage de leurs bienfaits ?
La verrai-je plus ennemie
Des hommes, que du Ciel amie,
Eteindre des Arts les flambeaux,
Briser les pinceaux des Apelles,
Et l'aiguille de leurs rivaux ;
Anéantir sous leurs travaux
Les Vitruves, les Praxitelles ;
Flétrir les graces immortelles
Des Fénélons & des Boileaux ;
Brûler, dans les fruits de leurs veilles,
Les Molieres & les Corneilles,
Et les Lullis & les Quinauts ;

C ij

Et dans l'implacable furie
De fon zele aveugle, emporté,
Condamnant l'or & l'induftrie,
Les noms de pere & de patrie,
Vouloir dans un froc détefté
Enfevelir l'Humanité ?

Rougissons enfin d'être efclaves :
Brifons les coupables entraves
D'une lâche timidité :
Ofons être ce que nous fommes :
Hommes, ofons penfer en hommes.

Sur l'aîle de la Liberté,
Conduits par la fage Nature,
Volons du fein de l'Impofture
Dans les bras de la Vérité.
Allez, fanatiques Druïdes,
Fougueux miniftres de l'Erreur,
Semez, Apôtres intrépides,

Par l'organe de la terreur,
Vos dogmes faintement ftupides,
Forgés au fein de la Fureur.
Ma raifon regle mon hommage :
Je contemple dans fon miroir
De mon Auteur l'augufte image,
Et fon effence & mon efpoir. . . .
Dévots, il n'a point votre rage.
Pere tendre, ami généreux,
Il m'aime, il chérit fon ouvrage,
Et me forma pour être heureux. . . .

D'UNE main fagement hardie ·
Faut-il ici lever le fard
Dont l'hypocrite Perfidie
Mafqua leur vifage avec art ?
Pour les confondre, pour t'inftruire,
Faut-il, à tes regards tremblans,
Des ombres de la nuit produire
La lifte des meurtres fanglans

Commis par leurs mains facriléges,
Autorifés par leurs arrêts,
Du Ciel vengeant les priviléges,
Pour mieux venger leurs intérêts ?

FAUT-IL offrir à ta mémoire
Ces jours de fang, ces jours d'horreur,
Ces jours, l'opprobre de l'Hiftoire,
Le triomphe de leur fureur ;
Où, fans remords, fans épouvante,
Ces refpectables fcélérats
Ofoient mettre le Ciel en vente,
Pour d'infâmes affaffinats ;
Prêchant, le blafphême à la bouche,
Sur un tas d'hommes expirans,
Au peuple crédule & farouche,
Le meurtre & l'amour des Tyrans ;
Où l'un d'entr'eux, moins politique,
Brûlant de fignaler fa foi
Par un parricide héroïque,

Defcend de l'autel fans effroi,
Et marche en pieux catholique
Poignarder humblement fon Roi ?

FAUT-IL, errant loin de la France,
T'ouvrir ces fanglans Tribunaux,
Temples voués à la vengeance,
Eclairés de pâles flambeaux,
Baignés des pleurs de l'Innocence ;
Où, fur la cendre & lés tombeaux,
Avec l'aveugle Intolérance,
Entre le Crime & l'Ignorance,
Préfident ces facrés bourreaux,
Qui, pour venger le Ciel qu'ils jouent,
Sous l'ombre d'un zele apparent,
Brûlent les mortels qui le louent
Dans un langage différent ?

FAUT-IL paffer en Angleterre,
D'où leurs forfaits les ont bannis,
Chercher les traces du tonnerre,

Qu'au sein du temple de Thémis
Leur main renferma sous la terre,
Pour engloutir, las de la guerre,
Le Roi, l'État, leurs ennemis ;
Jugeant, dans leur fureur barbare,
Pour qui peut venger la tiare,
Tout attentat juste & permis ?

SANS leur chercher si loin des crimes,
Faut-il, sous la dévotion,
Te les montrer sourdes victimes
D'une profane ambition ;
Artisans d'intrigues subtiles,
En tortueux replis fertiles,
Tyrans du repos & des loix,
Aussi dangereux qu'inutiles ;
De la poussiere de leurs toits
Rampant, audacieux reptiles,
Jusques dans les Conseils des rois ;

Conservant

Confervant un cœur mercénaire,
Malgré leur ferment folemnel ?

FAUT-IL les voir du fanctuaire
Nous faire un marché criminel,
Trafiquer du Dieu qu'ils adorent,
Vendre, au même temps qu'ils l'implorent,
Son fang qui coule fur l'autel ;
Par des refforts illégitimes
Refpectés des rois prévenus,
S'approprier les revenus
De tant de Héros magnanimes ;
Du trône honorables victimes,
Dans l'ombre expirant inconnus ;
Ou bien, conduits par la baffeffe,
En vils frélons, errer fans ceffe,
Sous l'habit de la pauvreté ;
Du peuple taxer la foibleffe
Et l'aveugle crédulité ;
Se faire, avec impunité,

D

Payer en rois de leur molleſſe
Et de leur inutilité?

FAUT-IL enfin, loin des ſcandales,
T'offrir dans d'humbles Pénitens,
Couverts du voile des Veſtales,
D'inceſtueux Sardanapales
Livrés au délire des ſens,
Entre les bras de leurs béates,
Louant le Ciel épouvanté;
Victimes de la volupté,
Erigeant en ſacrés·ſtigmates
De leurs lubricités ingrates
Le châtiment trop mérité?

MAIS non. Dans leur ignominie
N'allons point tremper nos crayons,
Profaner les dons d'Uranie,
Du Dieu, créateur du génie,
Obſcurcir l'éclat des rayons:

Laiffons plutôt, moins équitables,
Tomber le voile de l'oubli
Sur ces fcenes épouvantables
De leurs forfaits trop véritables,
Par qui notre être eft avili.
Laiffons leur molleffe hypocrite,
Sous la cendre, aux pieds des autels,
Affectant l'auftere mérite
De la vertu qu'elle a profcrite,
Impofer aux yeux des mortels. . . .
Ah! que ne puis-je, exempt de crainte,
M'arracher au joug impofteur
D'une défolante contrainte;
A l'aide d'un fil enchanteur
Sortir de l'affreux labyrinthe
Où m'entraîna l'art féducteur!
Que ne puis-jé imiter Dédale
Dans fon vol artificiel,
Franchir la barriere infernale,
Et m'ouvrir la route du Ciel!

Loin de ces antres homicides,
Tombeaux des arts, des agrémens,
Séjour des mânes parricides
Des Ravaillacs & des Cléments,
Dans les bras de la Poéfie,
Je volerois, féchant mes pleurs,
Savourer la douce ambroifie
De fes déliciœufes fleurs.
J'irois dans ces belles retraites,
Dans ces bocages animés,
Au fond de ces routes fecrettes,
Sous ces ombrages parfumés
Du pur encens des violettes,
Aux profanes efprits fermés,
L'olympe des tendres Poëtes
En Dieux champêtres transformés,
Aux pieds de leurs objets aimés,
Montant les fons de leurs mufettes
Au ton des touchantes Fauvettes,
Et des Roffignols enflammés ;

Ou sur ces rives enchantées,
Près de ces sources argentées,
Semant les trésors dans leur cours,
Où les Chaulieux, où les Horaces
Venoient, conduits par les Amours,
Faire d'heureux larcins aux Graces,
Qui s'y baignoient dans les beaux jours;
Dérober tantôt leur ceinture,
Tantôt les fleurs de leur coëffure,
Toujours quelques nouveaux atours.
J'irois, sur-tout avec Lucrece,
Dans ces jardins toujours fleuris,
Dont son maître embellit la Grece,
Où, dans le char de la Paresse,
Nonchalamment avec les Ris,
Vient se promener la Sagesse,
Qui lui prodigue avec largesse
Ses dons suivis d'un doux souris.
Là, roi, libre de servitude,
Exemt des préjugés des sots;

Foulant aux pieds la multitude,
Riant des terreurs des cagots;
Brifant les fers de l'habitude,
Bravant l'Erreur & fes complots;
Sans remords, fans inquiétude,
M'élevant au-deffus des flots
Du doute & de l'incertitude,
Régnant fur le fombre chaos;
Au fein de la béatitude,
Sur les rofes, fur les pavots,
Sans dégoût & fans laffitude,
Je diftribuerois mon repos,
Entre l'indolence & l'étude,
Les jeux du Pinde & de Paphos,
Mes amis & la folitude.

TA voix, pure & fimple Nature,
Seroit ma fouveraine loi:
Toute autre feroit impofture;
Et je craindrois de faire injure

A la raifon , d'y donner foi.
Je remettrois dans ta main fage
Les rênes de mes paffions ,
Vivant fous ton doux efclavage ,
Au gré de tes impreffions ;
Tel qu'un ruiffeau dans la prairie ,
Qui , libre des chaînes de l'art ,
Ne fuit que la pente chérie ,
Que ta main lui creufe au hazard.

JE n'irois point , loin de ta trace ,
Chercher les foins dans les palais ,
Ramper dans l'orgueilleufe claffe
Des Grands , fiers tyrans de la paix ,
De leurs flatteurs groffir la lifte ,
Briguer le mercénaire affront
D'être leur vil panégyrifte ,
Ou leur méprifable bouffon.
Jaloux de mon calme fuprême ,
Riche des dons qu'offre ta main ,

Je ne me baifferois pas même,
Pour ramaffer le diadême
Qui brilleroit fur mon chemin.

L'HUMBLE Berger, fur la fougere,
Qui peut nouer les beaux cheveux,
Parer le fein de fa Bergere,
Emporteroit plutôt mes vœux,
Que le Prince couvert de gloire,
Régnant fur des peuples nombreux.
Du haut du char de la Victoire,
Le Prince eft grand; le Pâtre, heureux.

VIVANT dans la douce ignorance
Des vains projets, des vains defirs,
Sans lendemain, fans efpérançe,
Je jouirois de mes loifirs:
J'aurois, dans mon indifférence,
L'or pur, la pourpre & les plaifirs.
Le foin d'être en fecret utile

Au

Au trône, à la société,
Entreroit seul dans mon asyle ;
Tout autre seroit rebuté.
Indépendant du cours des choses,
Et bravant les métamorphoses
Que fait au Sort prendre le Temps,
Je semerois tous mes instans
D'une riche moisson de roses ;
Pour le sage, dans tous les temps,
Il en est en foule d'écloses :
Toute sa vie est un printemps.

AINSI couleroient mes années,
Par la Nature couronnées
Au sein des plaisirs vertueux,
Dans tout leur cours plus fortunées,
Que n'est l'instant voluptueux,
Où, plein de son tourment qu'il aime,
Errant au milieu des roseaux,
Zéphyr, surpris, surprend lui-même

E

Flore fortant du fein des eaux,
Sans autre habit que le nuage
D'une pudeur tendre & fauvage,
Ou l'or de fes cheveux épars,
Voile tiffu par la Nature,
Pour défendre fa beauté pure
De la licence des regards ;
Mais voile qu'aifément déchire
L'Amant aux yeux vifs & perçans,
Et dont l'ombre même confpire
Au trouble délicieux des fens.

Mais l'âge fuit, & le temps coule.
La fleur, comme l'herbe, pâlit ;
Et le fleuve pompeux, qui roule
Au loin dans un fuperbe lit,
Qui voit fes flots renaître en foule
Dans les vallons qu'il embellit,
Comme l'humble ruiffeau, s'écoule,
Et dans la Mer s'enfevelit.

Mes ans , mes jours auroient leur terme :
Ils finiroient , mais sans déclin ;
Et je sçaurois , par un cœur ferme ,
Me rendre insensible à leur fin.

LA Mort, qui sur la terre entiere
Répand l'horreur de ses exploits ,
Qui foule aux pieds la pourpre altiere
Des Rois dont nous suivons les loix ,
Et qui, sanglante & meurtriere ,
Forçant des Gardes la barriere ,
Vole, fait entendre sa voix
Jusques au fond du sanctuaire ,
Où repose l'orgueil des Rois ;
Ce Géant, au monde terrible ,
De nos demi-dieux triomphant ,
Sous sa forme la plus horrible
Seroit pour moi moins qu'un enfant.
Levant son voile avec courage ,
Ecartant son noir appareil ,

De l'Erreur méprifable ouvrage ;
Toujours à moi-même pareil,
Je la faifirois fous l'image
D'un doux repos, d'un doux fommeil,
Qui ne peut être, pour le fage,
Suivi que d'un plus doux réveil ;
Ou fous la vapeur d'un nuage
Qui cachoit l'éclat du foleil.

MAIS, où s'égare ma penfée,
Hélas ! peut-être trop fenfée
Dans fes égarements divers ? . . .
O Dieux ! quel furcroît de revers,
Si ton amitié, peu difcrette,
Tiroit de leur ombre fecrette,
Et produifoit au jour ces vers,
Où fans apprêt, où fans myftere,
Je dévoile mon caractere,
Pour mon malheur, franc de travers !
Déja je vois d'affreux nuages

S'affembler fur mon horifon :
Les vents fifflent, & les orages
Grondent autour de ma prifon.
Je vois l'orgueilleux Cagotifme,
Sous un vil froc louchant le Ciel,
Dans la coupe du Fanatifme
Avalant à longs traits le fiel,
Me noircir de fes propres crimes,
Pour avoir ofé, dans ces rimes,
Fidèle au vrai, penfer fans art;
Sous des couleurs trop légitimes
Crayonnant les fages maximes
D'une Raifon pure & fans fard.

JE vois l'Ignorance offenfée
D'une populace infenfée
Contre moi foulever fes flots,
Intéreffer la Vertu même,
Thémis, & le pouvoir fuprême,
Dans la trame de fes complots;

Et prétextant les droits célestes,
Le glaive & l'anathême en main,
De mes jours poursuivre les restes
Flétris par son joug inhumain.

DE sa caverne, au jour fermée,
Sort l'Envie aux yeux vigilans,
Farouche, inquiette, allarmée,
En proie aux Soucis violents;
Je la vois, de rage animée,
Traverser mes pas chancelans,
Le front couvert, la main armée
D'aspics dans l'ombre étincelans,
Ouvrant une gueule enflammée,
S'agitant par d'affreux élans,
Dardant leur langue envenimée,
D'écume & de poisons brûlans
Couvrant ma vertu diffamée,
Mes mœurs & mes foibles talens.
Sauve-moi de l'âpre morsure

De ces infectes ténébreux,
Nourris du fiel de la censure,
Moins vils encor que dangereux :
Je connois trop leur violence :
N'ajoute point à mes malheurs.
Laisse, dans la nuit du silence,
Périr ces fruits de mes douleurs.

SANS bruit, sous l'ombre du mystere,
Eleve inconnu d'Apollon,
Je veux toujours, en solitaire,
Errer dans le sacré vallon.
Je veux, sans avoir rien à craindre
Pour ma vertu, pour mon repos,
Seul à l'écart, sans me contraindre,
Toujours chanter loin des échos.

Je ne suis point jaloux d'estime :
Je hais l'éclat d'un vain renom,
Qui souvent est le prix du crime

Que met en jeu l'ambition.
D'un fort cruel déja victime,
Voudrois-je encor l'être d'un nom?
Pour un éclair fouvent funefte,
Voudrois-je, ivre d'un fol orgueil,
Du feul agrément qui me refte,
Me faire un tourment, un écueil?

Instruit par la Philofophie,
Je vois un tyran dans l'honneur;
Je vois que qui lui facrifie,
S'il eft heureux, perd fon bonheur.
D'ailleurs, à côté de la Gloire
Je pourrois trouver le Mépris;
Jufques au temple de Mémoire
Il fuit le char des Beaux-Efprits.
En vain d'un féduifant menfonge
Apprêtant l'aimable poifon,
L'Amour-propre, dans un doux fonge,
Voudroit endormir ma Raifon;

Je

Je renonce, en fage qui penfe,
Aux lauriers d'épines couverts;
Qu'à fes adorateurs difpenfe,
Par le Public, le Dieu des Vers;
J'ai dans ton goût ma récompenfe :
Ton fuffrage m'eft l'univers.

AVERTISSEMENT.

Nous *avons cru devoir joindre aux* Soupirs du Cloître, *l'Epître à l'Amitié, du même Auteur, que nous avons trouvée dans le second Tome de l'Elite des Poésies fugitives, & qui semble devoir être mieux placée à la suite d'un Poème auquel elle devoit servir de pendant.*

ÉPITRE

A L'AMITIÉ.

Noble compagne des disgraces,
Sœur & rivale de l'Amour,
Sans ses défauts ayant ses graces,
Et ses plaisirs sans leur retour;
Qui t'enrichis, qui nous consoles
Des pertes cheres & frivoles
Qu'il fait dans nos cœurs chaque jour;
O toi, dont les douceurs chéries
Font l'objet de mes rêveries,
Entre ces fleurs, sous ce berceau;
Amitié, doux nom qui m'enflamme,
Besoin délicieux de l'ame,
Je reprends pour toi le pinceau.

MAIS où t'adreffer mon hommage ?

Où te trouver, charme vainqueur ?

Quels lieux embellit ton image,

Comme elle eft peinte dans mon cœur ?

Au fein des Cités répandue,

Cherchant l'opulence & les rangs,

Vas-tu, complaifante affidue,

Languir à la fuite des Grands ?

Te trouverai-je confondue

Dans la foule de tes tyrans ?

Mais non ; ce n'eft que ton fantôme

Qu'on voit errer fous les lambris.

Des ruines & des débris,

L'ombre des bois, un toît de chaume,

De noirs cachots font ton pourpris.

Tu fuis le Fafte & l'Impofture,

Tu vas, loin des folles Rumeurs,

Chercher, au fein de la Nature,

La Paix, l'Égalité, les Mœurs.

Sous le foyer qui l'a vu naître,
Tu prends plaifir à vifiter
Le Sage, occupé de fon être,
Le feul qui fçache te connoître,
Le feul qui fçache te goûter.
Tu viens dans les belles foirées,
Quand les jeunes Amans des fleurs
A leurs beautés défigurées
Rendent la vie & les couleurs :
Tu viens, fans bruit, mais gaie & tendre ;
Tu viens, avec la Liberté,
Agréablement le furprendre,
Sous le tilleul qu'il a planté ;
Et, fans attendre qu'il t'invite,
Tu cours, aimable Parafite,
T'affeoir à table à fon côté ;
Te rapprochant des mœurs antiques,
Et préférant les mets ruftiques,
Sur fa table fervis fans choix,
A ces feftins Afiatiques,

Où l'on s'ennuie avec les Rois.
Dans cette fage & libre orgie,
Quels traits, quel mélange charmant
Et de candeur & d'énergie,
Et de fublime & d'enjouement !
Quel long & doux épanchement
D'efprit, de cœur, de caractere !
Quel intérêt ! quel agrément !
Quel plaifir pur que rien n'altere !
La nuit n'eft pour vous qu'un moment ;
Et le Soleil vous trouve encore
Au milieu des parfums de Flore,
Sous le tilleul, la coupe en main,
Libres des foins du lendemain ;
Dans le fein de la Confiance,
Difputans d'arts & de fcience,
Et des erreurs du Genre-humain.

O joie ! ô douceur inconnue
Au vice, à la frivolité !

Viens donc ainsi, Nymphe ingénue,
Porter dans mon obscurité
Le jour de la félicité.
Parois sous ce berceau champêtre,
Et, par ta présence éclaircis
Les vapeurs qu'autour de mon être
Exhale l'essaim des soucis.
Fais succéder ta douce flamme,
Au feu rapide & destructeur
Qu'allument encor dans mon ame
L'âge, & ton frere séducteur.
Sois mon oracle & mon modele,
L'appui, la compagne fidelle,
Et le témoin de tous mes pas.
Sans tes solitaires appas,
Que sont les douceurs de la vie,
Les biens les plus dignes d'envie? . . .
Qu'est-ce que tout où tu n'es pas?

Je vois, sous la pourpre suprême,

Entre les bras du Bonheur même,

Gémir les Dieux du Genre-humain,

Poser l’orgueil du diadême

Et la foudre qu’ils ont en main,

Et s’échappant, loin de leur temple,

A l’Univers qui les contemple,

Dans l’ombre te chercher en vain.

Je les vois desirer d’être hommes ;

Envier l’état où nous sommes,

Pour se reposer dans ton sein.

Sans toi, l’homme s’affaisse, & tombe

Dans le néant de la langueur ;

Arbrisseau foible & sans vigueur,

Il cede aux vents, il y succombe,

Et rampe en proie à leur rigueur.

A l’abri même des tempêtes,

Au milieu des jeux & des fêtes,

Son cœur s’abbat & se flétrit ;

Tel qu’une vigne fortunée,

Qui

Qui, loin de l'Aquilon fleurit
Sous un ciel pur qui lui fourit,
A fa foibleffe abandonnée,
Vers le fable penche entraînée,
Et fous fes propres dons périt.

PAR toi, l'homme augmente fon être,
Il fe reproduit dans autrui;
Et fous le dais & fous le hêtre,
Tu lui fais moins fentir l'ennui
Ou mieux goûter le plaifir d'être,
Par la douceur de ton appui;
De fes befoins vive interprète,
Malgré fes foins à les cacher,
Tu vas, généreufe & difcrette,
Par la route la plus fecrette,
Au fond de fon cœur les chercher.
Tu le calmes dans fes allarmes,
Tu taris le cours de fes larmes,
Tu romps l'effort de fa douleur,

G

Et tu retiens, & tu défarmes
Son bras armé par le malheur.
Tu portes plus loin tes fervices :
Tu l'arraches du fein des vices ;
Heureufe dans l'art d'émouvoir,
Ta voix, auffi douce que libre,
Par fon infinuant pouvoir,
Remet fon cœur dans l'équilibre,
Et le rappelle à fon devoir.
Quel eft ton fuprême mérite !
Seul bien qu'il doive fouhaiter,
Tu lui reftes, quand tout le quitte,
Sans lui laiffer rien regretter.

VIENS donc, compagne chafte & pure,
Fille du Ciel, objet vainqueur,
Viens fous mon toit, viens dans mon cœur
Habiter avec la Nature.
Du fond de mon obfcurité,
Je t'appelle fans impofture ;

J'ignore la cupidité.
Ah! si, dans mon indifférence,
Par toi je me laisse charmer,
C'est sans projet, sans espérance :
J'aime pour le plaisir d'aimer.

Qu'un autre, dégradant son être,
Aille, sous ton nom courtiser
Ces Grands, si peu dignes de l'être,
Que l'on apprend à mépriser,
En apprenant à les connoître :
Profanant tes sacrés liens,
Que, dans l'ombre, son ame vile
En fasse un instrument servile,
Pour n'usurper que de faux biens;
Pour moi, de ta beauté suprême,
L'esprit frappé, le cœur épris,
Je ne cherche en toi que toi-même;
Toi seule, à mes yeux, fais ton prix.

G ij

MAIS quoi! se peut-il qu'on t'immole,
Source féconde en vrais trésors,
Au foible espoir d'un bien frivole,
Qui de nos mains fuit & s'envole,
Et ne laisse que des remords?
Que font un sceptre, une couronne,
Un dais que la foudre environne,
Au prix d'un seul de tes transports?

DISPAROISSEZ, vapeur légere,
Vuide aliment du fol orgueil,
Grandeur, richesse mensongere,
Qu'engloutit la nuit du cercueil;
Vain simulacre qu'on renomme,
Du monde réel ennemi,
Fuyez.... il me suffit d'être homme,
Et d'avoir un fidele ami.

O tendre moitié de mon être,
Objet divin, sois rassuré,

Ofe éprouver, ofe connoître
Mon cœur par l'honneur épuré.
Tu le verras, toujours fidele,
Suivre ton char dans les déferts;
T'aimer, t'adorer dans les fers;
Et te trouvant toujours plus belle,
Trouver dans ton fein l'Univers.

Mais auffi daigne me conduire;
Daigne dans mon choix m'éclairer,
En te cherchant je puis errer;
Mon cœur, trop facile à féduire,
Par fon penchant peut m'égarer.
Je pourrois devenir, peut-être,
Ami, comme on devient amant.
Un amant aime fans connoître:
L'amour eft l'enfant d'un moment.
Qu'au-deffus des folles tendreffes,
A la Raifon je fois foumis:
Le Sentiment fait les Maîtreffes,

Et la Raison fait les **amis**.

VERS ton Temple regle ma marche ;
Veille, préviens toute démarche
Dont je pourrois me repentir ;
Et ne laisse sur mon passage,
Que cœurs bien faits, dignes du Sage,
Nobles & vrais, nés pour sentir.

ECARTE ces cœurs intraitables,
Toujours d'eux-mêmes différens,
Altiers, bisarres, indomptables,
De leurs amis, jaloux tyrans ;
Ces cœurs équivoques & sombres,
D'éternels soupçons accablés,
Enveloppés d'épaisses ombres,
Même avec toi dissimulés ;
Ces cœurs qu'endurcit l'opulence,
Fiers de paroître protéger ;
Dont l'insultante bienveillance

T'avilit fans te foulager ;
Ces cœurs qu'accable un fafte extrême,
Froids, ftériles, inanimés,
Infenfibles au bien fuprême,
Au bien d'aimer & d'être aimés ;
Ces cœurs légers, ces efprits vuides,
D'objets nouveaux toujours avides,
Ardents & glacés tour-à-tour ;
Qui, fans repos, fans confiftance,
Te font, livrés à l'inconftance,
Autant d'outrages qu'à l'Amour ;
Ces cœurs vers la terre fans ceffe
Par leur propre poids entraînés,
Pétris des mains de la Baffeffe,
Par l'or à ton char enchaînés ;
Qui, prévoyant de loin l'orage,
Sans bruit défertent tes lambris ;
Par un lâche & dernier outrage,
Ne retournant dans ton naufrage,
Que pour t'en ravir les débris ;

Ces cœurs affreux, ces cœurs infâmes,

Contre leurs bienfaiteurs trompés,

Marchant dans l'ombre, enveloppés

De noirs complots, de sourdes trames ;

Et qui, sous ton sacré manteau,

De la rampante Perfidie,

Par les ténebres enhardie,

Cachant l'homicide couteau,

Volent, en leur fureur tranquille,

D'un air affable & caressant,

Dans tes bras, leur unique asyle,

T'assassiner en t'embrassant :

Ces esprits faux, vains & futiles,

Aussi mal-faisans qu'inutiles,

Du blâme avides écumeurs,

Par l'organe de qui circule

Le fiel amer du ridicule

Sur les talents & sur les mœurs ;

Dont la méchanceté frivole

Te perd gaiement pour un bon mot,

Et,

Et , pour prix de tes soins , t'immole
Au vil amusement du sot.

Je veux , me respectant moi-même ,
Que mon ami me fasse honneur ;
Qu'on m'estime par ce que j'aime.
L'estime est le premier bonheur.
Qu'un double lien nous unissent ,
Mais par d'irréprochables nœuds ;
Je n'en veux point dont je rougisse :
Qui peut rougir n'est point heureux.

Mais dans ce calme des prairies ,
De mes profondes rêveries ,
Qui rompt le fil intéressant ? . . .
Un jour plus pur dore ces rives ,
Le verd de ce berceau naissant
Devient plus doux, ces eaux plus vives ,
Et ce zéphyr plus caressant.
O charme ! ô joie inattendue !

H

Je vois fous ces ombrages frais,
Je vois l'Amitié defcendue !
Mon cœur me rappelle fes traits :
Paré des mains de la Nature,
Son vifage brille fans fard,
Ses yeux charment fans impofture,
Son front s'épanouit fans art.
Sur fes levres avec les Graces,
Siege l'utile Vérité ;
La Paix, les Mœurs, la Liberté,
Suivent fon char, fement fes traces
Des rofes de la Volupté.
O toi, l'honneur de la Nature,
Belle des outrages du Temps,
Dont notre Hiver fait le Printemps,
Paffion d'un cœur qui s'épure,
Afyle de tous les inftans,
Nymphe, dont j'adore l'image,
Qui viens à moi les bras ouverts,
Reçois mon éternel hommage.

C'eft toi qui m'infpiras ces vers ;
Embellis les de tous tes charmes ;
Qu'avec de fi puiffantes armes ,
Ils parcourent tout l'Univers ,
Moins pour conquérir les fuffrages ,
Pour ravir l'encens des Mortels ,
Que pour forcer leurs cœurs volages
A le brûler fur tes autels.

F I N.